W0314940

# Boum !

*Charles Trenet*

# Boum !

## Chansons folles

*Préface de Raymond Devos*

*Éditions du Seuil*

COLLECTION DIRIGÉE PAR NICOLE VIMARD
AVEC EDMOND BLANC ET CLAUDE DUNETON

*Nous remercions M$^{me}$ Raoul Breton pour son aide précieuse.*

Le copyright de chaque chanson figure
à la fin de chacun des textes.

*En couverture :*
Autoportrait de Charles Trenet (coll. M$^{me}$ Raoul Breton).

*A l'intérieur :*
Dessins de Guy-Gérard Noël (coll. M$^{me}$ Raoul Breton).
p. 9 et 55, dessins de Jean Cocteau, © Spadem.

ISBN 2-02-009915-2.

© ÉDITIONS DU SEUIL, MARS 1988.

La loi du 11 mars 1957 interdit les copies ou reproductions destinées à une utilisation collective. Toute représentation ou reproduction intégrale ou partielle faite par quelque procédé que ce soit, sans le consentement de l'auteur ou de ses ayants cause, est illicite et constitue une contrefaçon sanctionnée par les articles 425 et suivants du Code pénal.

# « Comme l'on danse »

*On chante Trenet*
*comme l'on danse...*
*sur les pointes !*
*Deux petits chaussons qui dansent*
*sur deux petites chansons...*
*Trenet... c'est un appel.*
*Appel d'air.*
*Appel au bonheur d'être.*
*« Y a d'la joie !*
*Bonjour, bonjour ! »*
*On se lève du bon pied*
*et l'autre se met à danser...*
*« Ah Ah Ah Ah... entrons en danse...*
*Quelle cadence... »*
*Et « c'est la vie qui va... »*
*musique en tête, sur « la route enchantée ».*
*« L'air est pur, la route est large... »*
*mais sans le clairon qui sonne la charge.*
*Trenet, c'est la vie qui s'enthousiasme...*
*la vie qui dépasse les bornes.*
*« J'ai sauté la barrière... »*
*Hop là !*
*C'est la liberté... en cavale !*

*« Monsieur… Monsieur, vous oubliez votre cheval ! »*
*Trenet, le fou chantant du roi Soleil,*
*le fou chanté par tous les fous qui ont su raison garder.*
*Jeunesse gardée.*
*« Bonjour, bonjour les demoiselles !… »*
*« Voulez-vous danser, marquise ? »*
*Perruque poudrée…*
*« Un doux parfum qu'on respire ! »*
*Grain de beauté !*
*Grain de folie !*
*« Qu'y a-t-il à l'intérieur d'une noix ? »*
*« On y voit… »*
*des jardins extraordinaires !*
*Voici…*
*recueillies, assemblées en un superbe bouquet*
*toutes les petites fleurs bleues*
*des arcs-en-ciel de ce poète de génie.*
*Impossible d'oublier*
*le nom de l'auteur !*
*On sait pour qui bat son cœur…*
*pour vous et*
*pour moi…*

Raymond Devos

Jean Cocteau

## *La tête de veau*

C'était pendant le carnaval
Je me sentais le cœur en fête
J'étais amoureux sans rival
De Jeannette

Un jour je me suis déguisé
Lui réservant cette surprise
Au corso blanc elle était grise
Ah comme elle a dû s'amuser

Dansons chantons voici les masques
La lune a fermé les yeux
Vive l'amour soyons fantasques
Soyons joyeux

Comme ils sont beaux ces arlequins
Aux broderies bariolées
Murmure Jeannette soudain
Désolée « Hé quoi ? lui demandai-je tout de go
Vous n'aimez donc pas mon costume ? »
« Il est idiot » Quelle amertume
J'éprouvais sous ma tête de veau

Dansons chantons voici les masques
La lune a fermé les yeux
Vive l'amour, soyons fantasques
Soyons joyeux

Je portais d'ignobles godasses
Avec un' blouse de maçon
Mais j'étais gai comme un pinson
Comme un pinson rempli d'audac'

J'avais ach'té pour fair' nouveau
Un joli masque de fortune
Qui pouvait bien valoir deux tunes
C'était une tête de veau
Une tête de veau très comique
C'était une tête de veau
Si douce avec un long museau

Dansez chantez voici les masques
La lune a fermé les yeux
Adieu l'amour soyez fantasques
Soyez heureux

Maint'nant j'suis seul dans la poussière
Jeannette est là-bas très très loin
Qui danse avec les arlequins
Qui danse qui danse si fière
On ne sait ce que femme vaut
Elle m'a plaqué y a plus de charme
Et je verse de grosses larmes
Au fond de ma tête de veau
De ma tête de veau très comique
Au fond de ma tête de veau

© Éditions Raoul Breton, 1935.

## *Vous oubliez votre cheval*

Coiffé d'un large sombrero
Vêtu d'une veste à carreaux
Et chaussé de bottes légères
Hier dans une boîte de nuit
On vit arriver seul sans bruit
Un homme d'allure étrangère
Ses yeux avaient des reflets verts
C'était le reflet des pelouses
Sa voix avait un timbre clair
Il avait l'accent de Toulouse
Un peu plus tard quand il sortit
En donnant son ticket d'vestiaire
La dam' du vestiaire lui dit
Cette phrase singulière :
Monsieur Monsieur
Vous oubliez votre cheval
Ne laissez pas ici cet animal
Il y serait vraiment trop mal
Monsieur Monsieur
Pour un pur-sang dans un vestiaire
C'est triste de passer la nuit entièr'
Sans même coucher dans un' litière
Comme il s'ennuyait

Et comme il bâillait
Je chantais pour qu'il soit sage
Comme il avait faim
Que j'n'avais plus d'pain
J'y ai donné un peu d'potag'
Monsieur Monsieur
Chose pareille est anormale
Ne laissez pas ici cet animal
Vous oubliez votre cheval

Cinquante ans plus tard le jockey
A ses p'tits-enfants expliquait
Des aventur's invraisemblables
Il avait un sourire amer
Et comme il se croyait loup d'mer
Il jurait et crachait à table
Tout en mâchonnant un mégot
Il y allait de son bavardage
Il ne parlait que de cargos
De tempêtes et d'abordages
Mais les p'tits-enfants pas dupés
Montrant un tableau qui s'effrite
S'écriaient : « Grand-père ce beau pré
C'est-y la mer ou Maisons-Laffitte ? »
Grand-père grand-père
Vous oubliez votre cheval
Vous nous menez en bateau c'est normal
Mais vous n'êtes pas amiral
Grand-père grand-père
Jamais vous ne fûtes corsaire
Et vous n'avez connu de mal de mer
Que lorsque vous montiez Prosper
Dites-nous plutôt
Comment à Puteaux

Vous avez connu Grand-mère
Comment à Paris
Le jour du Grand Prix
V'z'êt's foutu la gueul' par terr'
Grand-père grand-père
Vous n'êtes pas un vieux loup de mer
Vous n'êtes pas non plus un amiral
Vous oubliez votre cheval

© Éditions Vianelly, 1936.

## *Boum*

La pendule fait tic-tac tic-tac
Les oiseaux du lac pic-pac pic-pic
Glou glou glou font tous les dindons
Et la jolie cloche ding din don
Mais…

Boum Quand notre cœur fait Boum
Tout avec lui dit Boum
Et c'est l'amour qui s'éveille
Boum Il chante « Love in bloom »
Au rythme de ce Boum
Qui redit Boum à l'oreille
Tout a changé depuis hier
Et la rue a des yeux qui regardent aux fenêtres
Y a du lilas et y a des mains tendues
Sur la mer le soleil va paraître
Boum L'astre du jour fait Boum
Tout avec lui dit Boum
Quand notre cœur fait Boum Boum

Le vent dans les bois fait hou hou hou
La biche aux abois fait mê mê mê
La vaisselle cassée fait cric cric crac

Et les pieds mouillés font flic flic flac
Mais...

Boum Quand notre cœur fait Boum
Tout avec lui dit Boum
L'oiseau dit Boum c'est l'orage
Boum L'éclair qui luit fait Boum
Et le bon Dieu dit Boum
Dans son fauteuil de nuages
Car mon amour est plus vif que l'éclair
Plus léger qu'un oiseau qu'une abeille
Et s'il fait Boum s'il se met en colère
Il entraîne avec lui des merveilles
Boum Le monde entier fait Boum
Tout l'univers dit Boum
Parc'que mon cœur fait Boum Boum Boum
Je n'entends que Boum Boum
Ça fait toujours Boum Boum Boum Boum Boum...

© Éditions Vianelly, 1936.

## *Pigeon vole*

Amoureux d'une cousine
Qui pouvait avoir vingt ans
Je vivais on le devine
Haletant
(Ah ! le temps le printemps inquiétant excitant)
On se couchait sur la plage
C'était pas encor l'été
On avait l'air d'être sages
En vérité on l'était
Quel état que l'été met en moi quel émoi
Et quel mois de mai !...

Pigeon vole
Le ciel vole
Chapeau vole
Et vole aussi mon cœur
Plein de bonheur
Cheveu vole
Herbe vole
Dindon vole
Et vole mon regard
Vers tes yeux noirs
Ah ! quel vent du nord

Qu'il fait bon dehors
Qu'il fait beau et doux
Près de vous
Rentrons vite
Ma petite
Car j'ai peur à l'horizon
De voir s'envoler la maison

Nous voici dans la chambrette
Demoiselle et grand garçon
Célébrons notre amourette
Célébrons le moment sans maman sans la bonne sans
[personne
Bonjour l'ange de ma vie
La Ninette et le Toutou
Bonjour ma petite amie
Ma Lili et ma Loulou
Ma Nini ma Nounou mon amie ma chérie
Mon rien et mon tout

Pigeon vole
Le lit vole
Chemise vole
Tout tourne et vole autour
De notre amour
Baisers volent
Jambes volent
Les mains volent
Volent de beaux trésors
Trésors en or
Ah ! quelle émotion !
Ah ! quelle passion !
Ah ! quelle vigueur !
Quelle douceur...
Il faut vite
Ma petite

Prévenir Monsieur le Curé
Avant qu'il ne soit envolé

Mais hélas les beaux ménages
Se fâchent toujours c'est curieux
Tout à l'heure sur la plage
Un monsieur un peu vieux l'air vicieux t'a dit :
[« Viens » tiens tiens tiens
Pour cette raison suprême
Sans émoi je suis parti
Alors tu m'as dit : « Je t'aime »
J'ai répondu : « C'est fini »
Je m'en vais loin d'ici loin de toi sans souci
Sous un autre toit

Pigeon vole
Larmes volent
Chagrin vole
Je vais te mettre au pli
Tu me supplies
Tu m'assures
Tu me jures
Imposture
Le petit vieux d'la mer
C'est ton grand-père...
Je suis bon et doux
Je pardonne tout
Reviens dans mes bras
Parle-moi
La rue vole
Tout s'affole
Tout chante danse et sourit
Pigeon vole et vive la vie !

© Éditions Vianelly, 1937.

# *Je chante*

Je chante !
Je chante soir et matin
Je chante sur mon chemin
Je chante
Je vais de ferme en château
Je chante pour du pain
Je chante pour de l'eau
Je couche
Sur l'herbe tendre des bois
Les mouches
Ne me piquent pas
Je suis heureux j'ai tout et j'ai rien
Je chante sur mon chemin

Les nymphes
Divinités de la nuit
Les nymphes
Couchent dans mon lit
La lune se faufile à pas de loup
Dans le bois pour danser pour danser avec nous
Je sonne
Chez la comtesse à midi
Personne

Elle est partie
Elle n'a laissé qu'un peu de riz pour moi
Me dit un laquais chinois

Je chante
Mais la faim qui me poursuit
Tourmente
Mon appétit
Je tombe soudain au creux d'un sentier
Je défaille en chantant et je meurs à moitié
« Gendarmes
Qui passez sur le chemin
Gendarmes
Je tends les mains
Pitié j'ai faim je voudrais manger
Je suis léger... léger... »

Au poste
D'autres moustaches m'ont dit
Au poste
« Ah ! mon ami
C'est vous le chanteur vagabond ?
On va vous enfermer... oui votre compte est bon »
Ficelle
Tu m'as sauvé de la vie
Ficelle
Sois donc bénie
Car grâce à toi j'ai rendu l'esprit
Je me suis pendu cette nuit... et depuis...

Je chante !
Je chante soir et matin
Je chante sur les chemins
Je hante les fermes et les châteaux

Un fantôme qui chante on trouve ça rigolo
Je couche
Parmi les fleurs des talus
Les mouches
Ne me piquent plus
Je suis heureux ça va j'n'ai plus faim
Heureux et libre enfin !

© Éditions Vianelly, 1937.

## *Fleur bleue*

Un doux parfum qu'on respire
C'est fleur bleue
Un regard qui vous attire
C'est fleur bleue
Des mots difficiles à dire
C'est fleur bleue c'est fleur bleue c'est fleur bleue
Un rendez-vous en automne
C'est fleur bleue
Une chanson qu'on fredonne
C'est fleur bleue
Un jeune amour qui se donne
Deux grands yeux qui s'abandonnent
C'est fleur bleue

On envoie des pneumatiques
A fleur bleue
Les dimanches sont poétiques
Tout fleur bleue
On se met du cosmétique
Dans les cheveux oui parbleu pour fleur bleue
On jure que l'on s'adore
Tous les deux
Et l'on jurerait encore

Si fleur bleue
Ne vous plaquait ça c'est vache
Pour un dragon à moustache
Ah morbleu !

Elle n'est pas revenue
Mystérieux
Oui à jamais disparue
Sans adieux
Et je suis seul dans la rue
Larmes aux yeux larmes aux yeux
Larmes aux yeux
Mais soudain le cœur bat vite
Ah mon Dieu :
La voilà c'est la petite
L'air joyeux
Non ce n'est pas elle quel drame
C'est une assez grosse dame
Pas fleur bleue

Alors le printemps l'automne
Sans fleur bleue
Coulent des jours monotones
Ciel pluvieux
Et cet air que je fredonne
Sans fleur bleue devient vieux ennuyeux
Pourtant ne soyons pas triste
Pour fleur bleue
J'en ai là toute une liste
C'est bien mieux
Amourettes passagères
Joies peines de cœur légères
Oui fleurs bleues

© Éditions Vianelly, 1937.

## *Y a d'la joie*

Y a d'la joie bonjour bonjour les hirondelles
Y a d'la joie dans le ciel par-dessus le toit
Y a d'la joie et du soleil dans les ruelles
Y a d'la joie partout y a d'la joie
Tout le jour mon cœur bat chavire et chancelle
C'est l'amour qui vient avec je ne sais quoi
C'est l'amour bonjour bonjour les demoiselles
Y a d'la joie partout y a d'la joie

Le gris boulanger bat la pâte à pleins bras
Il fait du bon pain du pain si fin que j'ai faim
On voit le facteur qui s'envole là-bas
Comme un ange bleu portant ses lettres au bon Dieu
Miracle sans nom à la station Javel
On voit le métro qui sort de son tunnel
Grisé de ciel bleu de chansons et de fleurs
Il court vers le bois il court à toute vapeur

Y a d'la joie la tour Eiffel part en balade
Comme une folle elle saute la Seine à pieds joints
Puis elle dit : « Tant pis pour moi si j'suis malade
Je m'ennuyais toute seule dans mon coin »
Y a d'la joie le percepteur met sa jaquette

Plie boutique et dit d'un air très doux très doux
« Bien l'bonjour pour aujourd'hui finie la quête
Gardez tout messieurs gardez tout »

Mais soudain voilà que je m'éveille dans mon lit
Donc j'avais rêvé oui car le ciel est gris
Il faut se lever se laver se vêtir
Et ne plus chanter si l'on a plus rien à dir'
Mais je crois pourtant que ce rêve a du bon
Car il m'a permis de faire une chanson
Chanson de printemps chansonnette d'amour
Chanson de vingt ans chanson de toujours
Y a d'la joie !

© Éditions Vianelly, 1937.

# *Miss Emily*

Ils s'étaient rencontrés en gare de Budapest
Mais lorsqu'en arrivant tous deux en gare de l'Est
Soudain pris d'un culot excessif à son âge
Il lui dit : « Voulez-vous que je port' vos bagages ? »
Six mois après ils étaient mariés
Il était charmant elle était anglaise
Et tout le jour il soupirait
Cette chanson ne vous déplaise :

Miss Emily vous êtes
La muse du poète
Le poète c'est moi avec un grand chapeau
Et la muse c'est vous couverte d'oripeaux
Miss Emily cher ange Ah ! l'envie me démange
De vous mordre le cou si vous ne m'aimez pas
Vous m'aimez Emily n'est-c'pas ?
— Oui ah !
Quoi qu'il arrive quoi qu'il arrive
Vous êtes passée sur ma rive
Quoi que l'on dise quoi que l'on fasse
Le temps s'enfuit et tout s'efface

Il se montra très doux elle se montra coquette
Elle lui flanquait des coups il en restait tout bête

Il faisait le marché balayait le salon
Il réparait l'évier le toit de la maison
Six mois après il ne marchait plus
Il était bancal elle était anglaise
Et malgré ça toujours ému
Il lui chantait ne vous déplaise :

Miss Emily vous êtes
La muse du poète...
Le poète c'est moi avec un grand chapeau
Et la muse c'est vous couverte d'oripeaux
Miss Emily cher ange Ah ! l'envie me démange
De vous mordre le cou si vous ne m'aimez pas
Vous m'aimez Emily n'est-c'pas ?
— Oui ah !
Quoi qu'il arrive quoi qu'il arrive
Vous êtes passée sur ma rive
Quoi que l'on dise quoi que l'on fasse
Le temps s'enfuit et tout s'efface

Un jour il eut assez de cette vie de bagne
Il amène Emily là-haut sur la montagne
Soi-disant pour cueillir d'innocents champignons
Mais il a son idée son idée le mignon
C'est un couteau qu'il brandit soudain
Il était terrible elle était anglaise
Mais au moment de mourir un brin
Il lui chanta ne vous déplaise :

Miss Emily vous êtes
La veuve du poète
Le poète c'est moi avec un grand couteau
Et la muse c'est vous qui me tuerez bientôt
Miss Emily je pleure

Des larmes comme du beurre
Mais avant de mourir mais avant mon trépas
Vous m'aimez Emily n'est-ce pas ?
— Oui, ah !
Je me décide je me décide
A ce charmant petit suicide
Quoi que l'on dise quoi que l'on fasse
Le temps s'enfuit et tout s'efface

© Éditions Vianelly, 1938.

# *En quittant une ville j'entends*

Dans le train de nuit y a des fantômes
Qui me sourient quand nous passons sur les prairies
Dans le train de nuit y a des royaumes
Et puis du bruit et puis Paris au bout d'la nuit
Les souvenirs si tendres
Viennent s'y faire entendre

J'entends la voix des flots enchanteurs
Qui font au fond de mon cœur
Des sérénades
J'entends le triste appel des bateaux
Et la chanson des oiseaux
Sur l'esplanade
Voici le ciel peuplé
De ses moutons blancs
Voici la mer troublée
Spectacle troublant...
J'entends la ville qui me dit bonsoir
Et moi sur le quai d'la gare
Je dis d'mon mieux des mots d'adieu

Dans le train de nuit y a des visages
Des yeux rêveurs des cheveux blonds des cheveux fous

Dans le train de nuit le paysage
C'est du brouillard qui va danser dans l'air très doux
Chantent sur la rivière
Des ombres familières

J'entends les mots de nos rendez-vous
Le tu remplace le vous
C'est la campagne...
J'entends claquer ton pas dans la rue
Quand le jour a disparu
Je t'accompagne
Voici les prés les bois
Près de moi tu bois
Voici la ville qui dort
Dans son rêve d'or
J'entends ta voix trembler de bonheur
Et j'entends battre ton cœur
Adieu beaux jours
Adieu l'amour...

© Éditions Vianelly, 1938.

## *La polka du roi*

Voulez-vous danser marquise
Voulez-vous danser le menuet
Vous serez vite conquise
Donnez-moi la main s'il vous plaît
Ah ah ah ah
Ah ah ah ah
Entrons en danse
Quelle cadence
Ah ah ah ah
Ah ah ah ah
Le menuet c'est la polka du roi

Pendant que le marquis sommeille
Je veux poser un baiser sur vos doigts fluets
Et sur votre bouche vermeille
Moi pour l'amour je suis toujours prêt

Montons sans faire de tapage
Tout en dansant le menuet là-haut
Montons jusqu'au troisième étage
Du bonheur nous aurons bientôt

J'enlève votre jolie robe
Et doucement j'ouvre votre corset
Votre perruque est mal commode
Il faut vous en débarrasser

Oh doux émoi minute brève
C'est dans la joie la soie et le satin
Que j'accomplis mon plus beau rêve
Chérie je vous possède enfin

Mais soudain qu'y a-t-il marquise
Je ne vous sens plus très bien dans mes bras
Vous fondez comme une banquise
Expliquez-vous je ne comprends pas

Hélas monsieur je suis en cire
Et vous vous êtes au musée Grévin
Louis XIV ah triste sire
Nous ne sommes plus des humains

Ah ah ah ah
Ah ah ah ah
Finie la danse
Plus de cadence
Ah ah ah ah
Ah ah ah ah
Ainsi s'achève la polka du roi

© Éditions Vianelly, 1938.

## *Annie-Anna*

Tandis qu'Anna se met à la machine à coudre
Voyez sa sœur Annie qui se met de la poudre
Tandis qu'Anna toujours nettoie le linge sale
En ascenseur sa sœur Annie s'en va au bal

Annie
Vous êtes bien plus jolie qu'Anna
Anna je vous aime beaucoup plus qu'Annie
Annie
Vous avez des yeux bleus qu'Anna n'a
Anna
Je préfère vos jolis yeux gris
L'amour est entré dans mon cœur depuis
Le jour béni
Où je vous vis
Annie
Vous avez séduit un maharajah
Anna
Eh bien vous n'avez séduit que moi

Tandis qu'Anna dans sa maison fait la lessive
Dans les salons sa sœur Annie fait la lascive

Le maharajah met des bijoux sur sa poitrine
Cette poitrine m'a tout l'air d'une vitrine

Annie
Tous vos amis font du cinéma
Anna
Je suis vraiment votre seul ami
Annie
Cet Hindou vous dit toujours : « Ça va »
Anna
Il ne faut pas envier sa vie
Rajah je préfère aux trésors d'un jour
Un bel amour
Qui dure toujours
Annie
Vous sortez en robe d'apparat
Anna
Vous restez toujours seule à Paris

Un jour la pauvre Annie vient frapper à ma porte
Elle a des yeux qui font des plis l'air d'une morte
Le maharajah vient de partir pour Singapour
En emportant ses bijoux faux comme son amour

Annie
Vous vous êtes jetée dans mes bras
Anna
Tous trois nous avons pleuré sans bruit
Annie
Vous êtes restée trois jours dans le coma
Anna
Hier vous avez épousé le commis
Et moi qui ne suis pas un maharajah

Mais un ami
Je suis parti...
Parti
Je suis parti pour Bratislava
Là-bas
J'vais essayer de refaire ma vie
En oubliant Anna-Annie

© Éditions Vianelly, 1938.

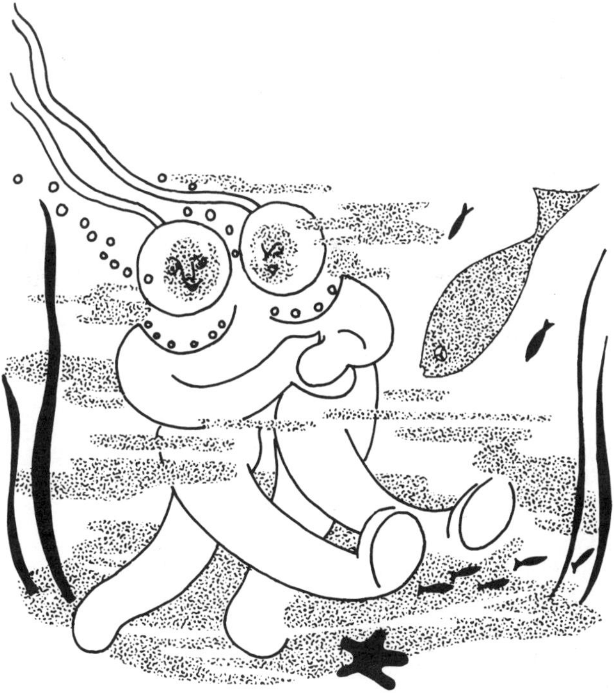

## *La java des scaphandriers*

Pour chercher une épave
Ça bien des gens le savent
Il faut descendre aux fins fonds de la mer à pied
C'n'est pas la mer à boire
C'est un' petite histoire
Mais simplement il faut être scaphandrier
Allons mes amis quittez les Champs-Élysées
Prenez vos habits imperméabilisés

Z'yeux dans les yeux boîte à air contre boîte à air
On se dit des chos's tendres
On est heureux tous les deux au fond de la mer
Chacun dans son p'tit scaphandre
Scaphandrier enlaçant sa scaphandrière
N'ont que l'désir de se prendre
Un p'tit bécot sans peur de s'marcher sur les pieds
Tout en dansant la java des scaphandriers

Gigolos gigolettes
S'en vont à l'aveuglette
Les amoureux cherchent les coins les plus ombreux
Gentiment on se pousse
On roule sur la mousse

Un gros poisson nous regarde avec des yeux ronds
En se promenant on va jusqu'à Chicago oh !
On voit des trésors : perles diamants lingots...

Z'yeux dans les yeux boîte à air contre boîte à air
On se dit des choses tendres :
« T'es mon cyclop' ma Nana chérie mon Prosper
Viens donc je n'peux plus attendre
Ta robe blanche et ta jolie fleur d'oranger
Iront-elles sur ton scaphandre ?
Moi mon smoking est toujours chez le teinturier
Alors tant pis on s'marie en scaphandriers »

Un jour c'est tout un drame
Non mais voyez Madame
Qui se promèn' dans les bras de son gigolo oh !
Alors fou de colère
Oubliant qu'il est père
Le pauvr' mari fait un bond jusqu'au fil de l'eau
Il va se venger ah ça va leur coûter cher
D'un geste enragé il brise... la pompe à air

Z'yeux dans les yeux la Nénette et le grand Julot
N'arrivent pas à comprendre
Pourquoi soudain ils n'respirent plus... que de l'eau
Chacun dans son p'tit scaphandre
Tandis qu'là-bas on arrête le meurtrier
Qui gentiment se laisse prendre
Nénett' Julot sont morts sans même avoir crié...
Tout en dansant la java des scaphandriers

© Éditions Raoul Breton, 1939.

## *La vie qui va*

C'est la vie qui va toujours

Vive la vie
Vive l'amour
La vie qui nous appelle
Comme l'amour elle a des ailes
Oui c'est elle qui fait chanter la joie
Quand tout vit c'est que tout va
Quand tout va la vie est belle
Pour vous et pour moi
Je sais bien que demain tout peut changer
Je sais bien que le bonheur est passager
Mais après les nuages
Mais après l'orage
On voit se lever joyeux
L'arc-en-ciel dans vos yeux
Tout est beau comme un mirage
Quand la vie va mieux

Vous qui rêvez d'un désir fou
Vous qui chantez la jeunesse
Vous qui pleurez d'un air très doux
Le cœur empli de tendresse

Stop ! arrêtez-vous un instant
Écoutez la marche du temps...
Voici la vie

La vie va mieux
La vie va mieux
Pour vous et pour moi
C'est la vie qui va !

© Éditions Vianelly, 1939.

# *La vieille*

Tiens voilà la vieille qui passe là-bas
Tiens voilà la vieille qui sort du grand bois
Ah ! quelle merveille
La vieille la vieille
Ah ! quelle merveille cette vieille-là !

La vieille est farouche comme on ne l'est pas
Elle remue la bouche et parle tout bas
Elle dit des merveilles
La vieille la vieille
Elle dit des merveilles cette vieille-là !

Elle dit : « Je suis riche et je vais au bois
L'argent je m'en fiche je le donne au roi
— Il prend ton oseille
Ma vieille ma vieille
— Il prend mon oseille mais je vais au bois »

On y voit des choses qu'on ne voit ailleurs
De sauvages roses des oiseaux piailleurs
Et puis des satyres
Qui tirent qui tirent
Et puis des satyres qui vont droit au cœur

Un jour elle est morte la vieille du bois
Et v'la qu'on l'emporte tout est aux abois
Adieu les groseilles
La vieille la vieille
Adieu les groseilles et les petits pois

La vieille est méchante dit un rossignol
Les oiseaux qui chantent ont dit : « C'est un vol
On nous prend la vieille
La vieille la vieille
On nous prend la vieille plus de *si* bémol »

Et tous les satyres font grève sur le tas
On ne veut plus rire sans la vieille-là
Et tout s'ensommeille sans veille sans vieille
Et tout s'ensommeille sans la vieille au bois

© Éditions Raoul Breton, 1939.

## *Mam'zelle Clio*

Mam'zelle Clio Mam'zelle Clio
Le premier jour je me rappelle
C'était chez des amis idiots
Mam'zelle Clio Mam'zelle Clio
Votre maman avait des ailes
Dans une robe de taff'tas
Vous étiez une demoiselle
Et je vous murmurais tout bas

Dormir avec vous dormir une nuit
Faire un rêve à deux quand le ciel est noir au fond de
[ma chambre
Le sommeil est doux quand tombe la pluie
Quand le vent du nord murmure tout bas : « Décembre »
Tous les mots d'amour le vent nous les dit
Quand la cloche sonne une heure perdue lointaine...
Oublier la vie oublier nos peines
Dormir une nuit dormir mon amour dormir avec vous

Mam'zelle Clio Mam'zelle Clio
Vous êtes mariée c'est ridicule
Avec le fils de ces idiots

Mam'zelle Clio Mam'zelle Clio
Votre mari est somnambule
Il se promène sur les toits
Toute la nuit tandis que moi

Je dors avec vous dans le même lit
Nous rêvons tous deux quand le ciel est gris au fond
[de ma chambre
Votre corps charmant se donne à minuit
Dans un petit hôtel tout près de la rue Delambre
Y a pas d'eau courante et pour faire pipi
C'est au fond de la cour mais là-bas y a pas de lumière
Mais ces p'tites bêtises me sont familières
Je dors avec vous et pendant le jour j'attends notre nuit

Mam'zelle Clio Mam'zelle Clio
Votre mari dans une crise
M'a flanqué deux balles dans la peau
Mam'zelle Clio Mam'zelle Clio
Je suis bien mort quoi qu'on en dise
Oui mais le Diable m'a permis
De revenir toutes les nuits

Dormir avec vous sans vous faire peur
Caresser vos ch'veux toucher votre cœur vous dire
[à l'oreille
« Je t'aime chérie je t'aime et j'en meurs »
Et tirer les poils du petit cocu qui veille
La commode qui grince un bruit sur le toit
Le lit qui gémit c'est moi dans le bois ma brune
Je suis courant d'air et rayon de lune
J'ai l'éternité pour chanter tout bas Je dors avec toi

© Éditions Vianelly, 1939.

# *Le soleil et la lune*

Sur le toit de l'hôtel où je vis avec toi
Quand j'attends ta venue mon amie
Quand la nuit fait chanter plus fort et mieux que moi
Tous les chats tous les chats tous les chats
Que dit-on sur les toits que répètent les voix
De ces chats de ces chats qui s'ennuient
Des chansons que je sais que je traduis pour toi
Les voici les voici les voilà

*Refrain :*
Le soleil a rendez-vous avec la lune
Mais la lune n'est pas là et le soleil l'attend
Ici-bas souvent chacun pour sa chacune
Chacun doit en faire autant
La lune est là la lune est là
La lune est là mais le soleil ne la voit pas
Pour la trouver il faut la nuit
Il faut la nuit mais le soleil ne le sait pas et toujours
[luit
Le soleil a rendez-vous avec la lune
Mais la lune n'est pas là et le soleil l'attend
Papa dit qu'il a vu ça lui...

Des savants avertis par la pluie et le vent
Annonçaient un jour la fin du monde
Les journaux commentaient en termes émouvants
Les avis les aveux des savants
Bien des gens affolés demandaient aux agents
Si le monde était pris dans la ronde
C'est alors que docteurs savants et professeurs
Entonnèrent subito tous en chœur

*Refrain*

Philosophes écoutez cette phrase est pour vous
Le bonheur est un astre volage
Qui s'enfuit à l'appel de bien des rendez-vous
Il s'efface il se meurt devant nous
Quand on croit qu'il est loin il est là tout près d'nous
Il voyage il voyage il voyage
Puis il part il revient il s'en va n'importe où
Cherchez-le il est un peu partout...

*Refrain*

© Éditions Vianelly, 1939.

## *Il pleut dans ma chambre*

Il pleut dans ma chambre
J'écoute la pluie
La pluie de septembre
Qui tombe dans mon lit
Le jardin frissonne toutes les fleurs ont pleuré
Pour la venue de l'automne
Et pour la fin de l'été
Mais la pluie fredonne
Sur un rythme joyeux
Tip et tap et tip top et tip
Et tip tip et tip
Et tip top et tap
Voilà c'qu'on entend la nuit
C'est la chanson d'la pluie

Demain le jour fleurira sur vos lèvres
Mon amour et la pluie qui calme notre fièvre
Sera loin très loin dans la mer
Voguant sous le ciel clair
Demain les bois auront fait leur toilette
Et les toits peints de frais auront un air de fête
Les oiseaux contents de ce shampooing
Ne se plaindront point

Il pleut dans ma chambre
Il pleut dans mon cœur
Douce pluie de septembre
Chante un air moqueur
Dans toute la campagne
Poussent de beaux champignons
Et dans la montagne
Le vent joue du violon...
Tous les chats de gouttière
Dansent chantent en rond
Tip et tap et tip tap et tip
Et fut fut et tic
Et pic pac et toc
Voilà ce qu'on entend la nuit
C'est la chanson d'la pluie!

© Éditions Vianelly, 1939.

## *Les enfants s'ennuient le dimanche*

Les enfants s'ennuient le dimanche
Le dimanche les enfants s'ennuient
En knickerbockers ou en robes blanches
Le dimanche les enfants s'ennuient

Vienne vienne
La semaine
Lundi mardi jeudi
Car la rue est toujours pleine
De lumière et de bruit

Que ce soit promenade ou tartine
Pâtissier pas plus que les bois
N'auront de succès : gamins et gamines
Sont plus tristes que maman ne croit

Vienne vienne
La semaine
Lundi mardi jeudi
Car la rue est toujours pleine
De lumière et de bruit

A travers les rues sans rien dire
On parcourt la ville sans fin
Y a qu'les mannequins qui font des sourires
Aux vitrines des grands magasins

Vienne vienne
La semaine
Lundi mardi jeudi
Car la rue est toujours pleine
De lumière et de bruit

Les parents s'ennuient le dimanche
Le dimanche les parents s'ennuient
Avec leurs lorgnons et leurs barbes
blanches
Le dimanche les parents s'ennuient

Vienne vienne
La semaine
Lundi mardi jeudi
Car la rue est toujours pleine
De lumière et de bruit !

© Éditions Vianelly, 1939.

## *Fermier Isidore*

Marie aime Isidor'
Car Isidor' ador' Marie
Mais y a l'mari d'Marie
Qui n'aime pas Isidor'
Mais y a l'mari d'Marie
Qui toujours les poursuit

Fermier Isidor'
Le mari d'Marie vous regarde
Fermier Isidor' changez de décor
Il revient encor
Le mari d'Marie vous regarde
Il revient encor
Changez de décor
Vous êtes au pôle Nord
Le mari d'Marie vous regarde
Prenez vos passeports changez de décor
Courez sautez cachez-vous mieux
Dans la rivière ou dans les cieux
Il court avec un grand fusil
Il est là-bas il est ici
Fermier Isidor'
Le mari d'Marie vous regarde

Fermier Isidor'
Changez de décor

Courant au bout du monde
V'là qu'Isidor' entraîn' Marie
Dansant toujours la ronde
Ils arriv'nt à Paris
Mais y a l'mari d'Marie
Qui toujours les poursuit

Fermier Isidor'
Cachez-vous derrière l'obélisque
Fermier Isidor'
Changez de décor
Il revient encor
Dans l'bois d'Vincennes y a pas d'risques
Prenez un taxi
Il y monte aussi
Partez soyez sport
Dans un ballon stratosphérique
Mais il vient encor
Volant sans effort
Voici la lune à l'unisson
Hallucinés atterrissons
Cachez-vous derrière ce volcan
Non le voici vit' foutez le camp
Fermier Isidor'
Le mari d'Marie vous regarde
Fermier Isidor'
Changez de décor

Ils ont couru cent ans
Sentant un jour leur fin prochaine
Ils s'arrêtèrent gaiement

A l'ombre d'un vieux chêne
Ils s'arrêtèrent gaiement
Et s'aimèrent tendrement

Fermier Isidor'
Ça y est le mari d'Marie vise
Fermier Isidor'
Adieu triste sort
Fermier Isidor'
Le mari d'Marie était borgne
Fermier Isidor'
Le coup fut très fort... (Poum)
Puis il vous crut mort
Et depuis plus jamais ne lorgne
Vos baisers d'amour
Qui durent toujours
Car le jaloux pour faire un deuil
Pour mieux viser se trompa d'œil
Ferma le bon ne vit plus rien
Et comme cela tout finit bien
Fermier Isidor'
Y a plus d'mari d'Marie qui lorgne
L'amour est plus fort
Plus fort que la mort

© Éditions Vianelly, 1939.

## 1er Janvier 1940

Tout bégayait. Tout traînait.
Plus rien ne traîne et tout parle...
C'est grâce aux chansons de Charles
Trenet

## *Sur le fil*

Là-bas dans le pré plein de marguerites
Comme un grand billard mangé par les mites
On voit un tableau tableau sans pareil
Un fil qui brille au soleil !
Et puis au milieu des poteaux qui penchent
Tendue sur le fil la lessive blanche
Les mouchoirs s'agitent et les pantalons...
S'en vont frôler les jupons...

Sur le fil
Il y a des chemises
Sur le fil
Gonflées par la brise
Sur le fil les cal'çons
Les chaussettes les chaussons...
Sur le fil
Dansent dansent dansent
Sur le fil
Tanguent se balancent...
Les oiseaux chantent l'avril
Et l'amour loin d'la ville
Sur le fil !...

Mardi sur la place au milieu des flaques
La fête est venue avec ses baraques
Le cirque a planté son grand chapiteau
Et ce soir là tout là-haut
Sur un fil tendu par-dessus les têtes
Glisse la danseuse en robe à paillettes
Le vide la guette le vide l'attend
Et moi j'ai le cœur battant...

Sur le fil
Dans un rayon blême
Sur le fil
C'est elle que j'aime...
Sur le fil sans émoi
Elle avance et je vois :
Sur le fil
Comme une aile frêle
Sur le fil
Sa petite ombrelle
Qui maintient immobile
Mon amour si fragile
Sur le fil !...

Les petits cochons en vrai pain d'épice
Les ponts suspendus sur les précipices
Les ballons captifs les pantins docil's
Tout ça ne tient que par un fil !
Au fil de nos jours se tisse l'année...
Le long de son fil glisse l'araignée...
On me téléphone... une amie en vill'
Me demande au bout du fil

Sur le fil
Tout' la vie se joue

Sur le fil
Se noue se dénoue...
Et j'ai mis dans le pré
Mes espoirs à sécher
Sur le fil...
Dans mille ans peut-être
Sur le fil
Sans valet ni maître
Mon fantôm' dans'ra-t-il
Transparent et subtil
Sur le fil !

© Éditions Raoul Breton, 1941.

## *Un rien me fait chanter*

Un rien me fait chanter
Un rien me fait danser
Un rien me fait trouver belle la vie
Un rien me fait plaisir
Un rêve un p'tit désir
Un rien me fait sourir' l'âme ravie

Quand le ciel est joyeux
J'me sens tout bleu
Mais quand hélas il pleut j'aime la pluie
J'aime mon père ma mère la France le bon Dieu
Et puis les femm's les femm's les femm's qui ont les yeux
[bleus

Venez avec moi
Je cours dans les bois
Je brûle des branches pourries
Au cœur de l'hiver
Il y a du bois vert
Au printemps la neige est fleurie
Et la marmotte dit à l'écureuil :
« Depuis trois mois je n'ai pas fermé l'œil »

Marmotte vous mentez
Voici venir l'été
Les oiseaux vont chanter dans la nature
Aimons nos pères nos mères la France le bon Dieu
Et puis les femm's les femm's les femm's qui ont les yeux
[bleus

Bonjour mes amis
Le ciel a permis
Que je chante encore par le monde
La joie et l'amour
Ça revient un jour
Chantons tous en chœur dans la ronde
Holà ! garçons et vous fillettes jolies
Dites-vous chaque jour chaque nuit

Un rien me fait chanter
Un rien me fait danser
Un rien me fait trouver belle la vie
Un rien me fait plaisir
Un rêve un p'tit désir
Un rien me fait sourire l'âme ravie
Quand le ciel est joyeux
J'me sens tout bleu
Mais quand hélas il pleut j'aime la pluie
J'aime mon père ma mère la France le bon Dieu
Et puis les femm's les femm's les femm's qui ont les yeux
[bleus

© Éditions Vianelly, 1941.

## *Le fils de la femme-poisson*

Il pleut sur la foire
Tout est aux abois
Tirs et balançoires
Manèges de ch'vaux d'bois
Et j'entends l'histoire
D'un type un peu fou
Qui dans la nuit noire
Me dit l'air très doux :

« Je suis le fils de la femm' poisson
Ma tante était femme à barbe
Mon grand-père était homme-tronc
Mon frère est dompteur de lions Ah ! Ah !
Et mon cousin tient une maison
De plaisir près de Tarbes,
Il en a deux près de Toulon
Où qu'on joue de l'accordéon
Voyez ils ont tous un' bell' situation
Mais moi je ne suis que l'fils d'la femm' poisson

J'aime et j'en suis bête
Quel horrible amour

J'aim' la femm' sans tête
Et je luis dis un jour :
"Écout' moi mon âme
Ne sois pas têtue"
Mais l'étrange dame
Vit' m'a répondu :

"Tu n'es qu'le fils de la femm' poisson
C'n'est pas assez je l'regrette
Ton grand-père était homme-tronc
Ton frère est dompteur de lions Ah ! Ah !
Moi j'veux un type qui ait du pognon
Pour n'en faire qu'à ma tête...
J'veux un' maison des manteaux d'vison
Des chapeaux des combinaisons
Repass' un jour si t'as un' situation
Mais maint'nant tu n'es que l'fils d'la femm' poisson"

Depuis je m'délabre
J'fais tous les métiers
Avaleur de sabres
Danseur et charcutier...
Mais j'ai beau m'débattre
Rien n'me réussit
Ma vie est saumâtre
Car toujours je suis :

Je suis le fils de la femm' poisson
Ma tante était femme à barbe
Mon grand-père était homme-tronc
Mon frère est dompteur de lions Ah ! Ah !
Et mon cousin tient une maison
De plaisir près de Tarbes

Il en a deux près de Toulon
Où ç'qu'on joue de l'accordéon
Voyez ils ont tous un' bell' situation
Mais moi je ne suis que l'fils d'la femm' poisson »

© Éditions Raoul Breton, 1943.

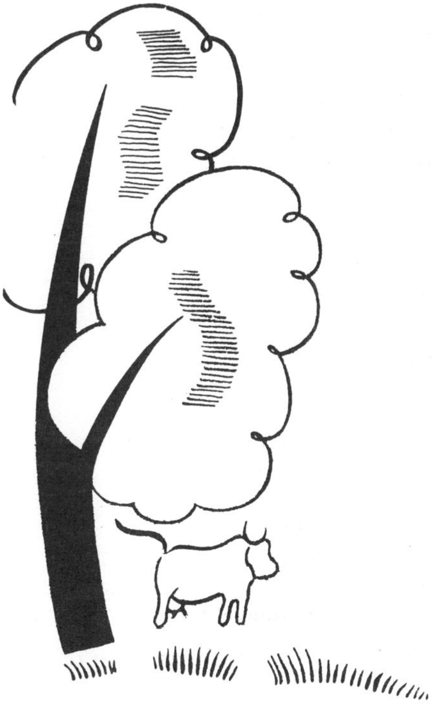

## *Quand un facteur s'envole*

Quand un facteur s'envole
S'envole s'envole
C'est qu'il est trop léger
Alors pour voyager
Au-dessus des platanes
Il plane il plane
Au-dessus des maisons
Il chante une chanson
Les oiseaux à la ronde
Lui font bonjour
Autant d'oiseaux au monde
Autant de lettres d'amour
Que le facteur apporte
Et glisse sous les portes
C'est le courrier du cœur
Le courrier du bonheur
C'est le courrier du cœur
Le courrier du bonheur

Joie sans pareille
Pour le facteur
Comme il fait bleu qu'il fait bon dans son cœur
Il s'émerveille

Oh ! liberté
Joli soleil
Amour clarté !

Quand un facteur s'envole
S'envole s'envole
Il voit le monde petit
Les gens comme des fourmis
Le clocher du village
Bien sage bien sage
L'école et la mairie
Et la gendarmerie
Sa fiancée toute rose
Dans un jardin
Comme une fleur éclose
Au milieu du chemin
Alors vite il se repose
Et cueille cette rose
Qu'il emporte avec lui
Seul dans son paradis
Qu'il emporte avec lui
Seul dans son paradis
Et c'est ainsi
Ainsi qu'finit
La chanson folle
Du facteur qui s'envole

© Éditions Salabert, 1943.

## *Débit de l'eau débit de lait*

Dans ma rue y a deux boutiques
Dans l'une on vend de l'eau dans l'autre on vend du lait
La première n'est pas sympathique
Mais la seconde en revanche où l'on vend du lait l'est
Et c'est pour ça que tous les passants
La montrent du doigt en disant :

« Ah qu'il est beau le débit de lait
Ah qu'il est laid le débit de l'eau
Débit de lait si beau débit de l'eau si laid
S'il est un débit beau c'est bien le beau débit de lait »
Au débit d'eau y a le beau Boby
Au débit de lait y a la belle Babée
Ils sont vraiment gentils chacun dans leur débit
Mais le Boby et la Babée sont ennemis
Car les badauds sont emballés
Par les bidons de lait de Babée
Mais l'on maudit le lent débit
Le lent débit des longs bidons du débit d'eau de Boby
Aussi Babée ses bidons vidés
Elle les envoie sur le dos de Boby
Et Boby lui répond
En vidant les bidons

Les bidons d'eau de son débit et allez donc
Les bidons d'eau de son débit et allez donc

Dans ma rue y a un mariage
Celui du beau Boby et de la belle Babée
Les voilà tous deux en ménage
Le débit d'eau épouse le grand beau débit de lait
Ils ont repeint leur boutique en blanc
Et chacun dit en y allant :

« Ah qu'il est beau le débit de lait
Ah quel palais le débit de l'eau
Débit de lait si beau débit de l'eau pas laid
S'il est un débit beau c'est bien le beau débit de lait »
Boby a mis du lait dans son eau
Et la Babée de l'eau dans son lait
Ils ont enfin compris que leurs débits unis
Font le plus grand le plus joli des beaux débits
Et les badauds sont emballés
Par les bidons de lait de Babée
Oui mais Boby garde pour lui
Les deux plus beaux bidons de lait de la Babée jolie
Et maintenant si vous y alliez
Vous entendriez de joyeux babils
De deux beaux bébés blonds
Qui font tomber d'un bond
Tous les bidons d'eau et de lait de la maison
Tous les bidons d'eau et de lait de la maison
Ils se battent à coups de beaux bidons
Chez Boby et chez Babée et allez donc

© Éditions Salabert, 1943.

## *L'héritage infernal*

Il y eut un héritage
Dans la rue des Trois-Mages
Un vieux marchand d'fromage
Était mort sans enfants
Ses voisins ses voisines
Ses cousins ses cousines
Au fond d'une cuisine
Se partageaient gaiement

La table de son père
La montre de son frère
Le fauteuil de son père
La pendule à coucou
Une paire de bretelles
Un' bouteill' d'eau d'Vittel
Et un' coiffe en dentelle
Qu'il se mettait au cou

Il arriva de Chine
Sur une vieill' machine
Un homm' courbant l'échine
Et qui leur dit : « Messieurs
Ne dites pas qui est-ce ?

Je suis l'cousin d'la nièce
De l'homme qu'on met en pièces
Et pour cela je veux

La table de son père
La montre de son frère
Le fauteuil de son père
La pendule à coucou
La vieill' paire de bretelles
La bouteille d'eau d'Vittel
Et la coiffe en dentelle
Qu'il se mettait au cou »

Il arriva de Prague
Un personnage très vague
Qui portait une bague
Et qui leur dit : « Messieurs
Ma grand-mère volage
Fauta dans son jeune âge
Avec l'marchand d'fromage
Et c'est pour ça qu'je veux

La table de son père
La montre de son frère
Le fauteuil de son père
La pendule à coucou
La vieille paire de bretelles
La bouteille d'eau d'Vittel
Et la coiffe en dentelle
Qu'il se mettait au cou »

Ce fut le diable à quatre
Les homm's voulurent se battre
Les femmes devant l'âtre

Appelaient Polic' Secours
Commenc'ment d'incendie
Et presque épidémie
Collective folie
Et tout ça tout ça pour

Une pendule en dentelle
Une coiffe d'eau d'Vittel
Un fauteuil à bretelles
Une table à coucou
Histoire lamentable
De fauteuils et de tables
Qu'un' voisin' détestable
Vint raconter chez nous

© Éditions Salabert, 1943.

## *La folle complainte*

Les jours de repassage
Dans la maison qui dort
La bonne n'est pas sage
Mais on la garde encore
On l'a trouvée hier soir
Derrière la porte de bois
Avec une passoire se donnant de la joie
La barbe de grand-père
A tout remis en ordre
Mais la bonne en colère a bien failli le mordre
Il pleut sur les ardoises
Il pleut sur la basse-cour
Il pleut sur les framboises
Il pleut sur mon amour

Je me cache sous la table
Le chat me griffe un peu
Ce tigre est indomptable
Et joue avec le feu
Les pantoufles de grand-mère
Sont mortes avant la nuit
Dormons dans ma chaumière
Dormez dormons sans bruit

Berceau berçant des violes
Un ange s'est caché
Dans le placard aux fioles
Où l'on me tient couché
Remède pour le rhume
Remède pour le cœur
Remède pour la brume
Remède pour le malheur

La revanche des orages
A fait de la maison
Un tendre paysage
Pour les petits garçons
Qui brûlent d'impatience
Deux jours avant Noël
Et sans aucune méfiance
Acceptent tout pêle-mêle
La vie la mort les squares
Et les trains électriques
Les larmes dans les gares
Guignol et les coups de triques
Les becs d'acétylène
Aux enfants assistés
Et le sourire d'Hélène
Par un beau soir d'été

Donnez-moi quatre planches
Pour me faire un cercueil
Il est tombé de la branche
Le gentil écureuil
Je n'ai pas aimé ma mère
Je n'ai pas aimé mon sort
Je n'ai pas aimé la guerre
Je n'ai pas aimé la mort

Je n'ai jamais su dire
Pourquoi j'étais distrait
Je n'ai pas su sourire
A tel ou tel attrait
J'étais seul sur les routes
Sans dire ni oui ni non
Mon âme s'est dissoute
Poussière était mon nom

© Éditions Salabert, 1945.

## *Au clair de la lune*

Au clair de la lune
Mon ami Pierrot
Enjambe la fenêtre de Marie là-haut
Elle attend la folle
Et les bras ouverts
Danse la carmagnole
Dans les nuits d'hiver

Au clair de la lune
Pierrot d'Amérique
En lunettes d'écaille
Ah ! mon Dieu quel chic
Chante sa romance
Amour du printemps
Quand il recommence
Il s'y prend à temps

Au clair de la lune
La petite Anna
Va cueillir des prunes
Avec son papa
Son papa lui donne
Un morceau de chocolat

Ah ! qu'elle est mignonne
La petite Anna

Au clair de la lune
Mes amis m'ont dit
Place de Pampelune
Vous étiez jeudi
Et l'impératrice
Vous a embrassé
Non c'est une actrice du Théâtre-Français

Ce fut une histoire
Unique à Paris
J'y gagnai la gloire
J'y perdis l'esprit
Car l'impératrice
M'eût aimé d'amour
Tandis que l'actrice ne m'aima qu'un jour

Au clair de la lune
Théâtre Guignol
Juché sur la dune
Dans un *si* bémol
Tu chantes poète
Au gré des saisons
Et tu perds la tête
Qui donc a raison

Au clair de la lune
Les oiseaux du ciel
N'ont pas de fortune
Ni ruche ni miel
Ils déploient leurs ailes
Ivres dans l'azur

Ah ! mon Dieu quelles ailes
Par-dessus le mur

Au clair de la lune
Ainsi va le temps
Quand la lune est brune
Nous avons vingt ans
Quand la lune est blonde
Nous n'avons pas tant
Ainsi va le monde
Depuis bien longtemps

© Éditions Raoul Breton, 1946.

## *Une vache sur un mur*

Une vache sur un mur
Qui ruminait du pain dur
Rumini rumina
Lèv' la queue et puis s'en va

Un oiseau sur une ardoise
Qui mangeait quelques framboises
Les mangi les mangea
Et ne laissa rien au chat

Un matou sur une table
Qui écoutait la radio
L'écoutait par ses moustaches
En clignant ses yeux de feu
Moustachi moustacha
Lèv' la queue et se fâcha

Une puce dans mon lit
Me réveille cette nuit
Moi les yeux que j'écarquille
Elle avec ses deux béquilles
Béquilli béquilla
Bégaya et me piqua

Un poète dans le ciel
Se prenait pour l'Éternel
Éterni éterna
Sur un nuage éternua

Le monde fut renversé
La lune s'était cassée
Il y avait des souris vertes
Qui annonçaient la découverte
On les crut on les croit
Moi j'ai cru qu'elles étaient cuites
Cuites mangez-en de suite
Je n'aime pas les souris
Moi j'en mange le jeudi
Le lundi et le mardi
Où donc ?
Au paradis !

© Éditions Vianelly, 1946.

## *Formidable !*

Formidable ! J'entends le vent sur la mer
Formidable ! Je vois la pluie les éclairs
Formidable ! Je sens bientôt qu'il va faire
Qu'il va faire un orage formidable
Formidable ! J'ai vu s'enfuir les oiseaux
Formidable ! et sur la crête des eaux
Formidable ! j'ai vu danser les bateaux
Coques de noix folles dans la rade
Camarades fermez vos hublots !
Et puis et puis dans mon cœur
La pluie a joué de bonne heure
Dans ma p'tite enfance
Avec amour
J'écoutais son tambour
Quelle chance et quelle chanson
La pluie qui tomb' sans raison
N'ennuie que l'horizon
Car pour moi elle est un frisson
Formidable ! Un arbre est déraciné
Formidable ! On se croirait au ciné...
Matographe où l'on voit tant de bell's choses
Tant de trucs d'métamorphoses
Quand un'rose est assassinée

Formidable ! Le jour déchire la nuit
Formidable ! Le grand soleil m'éblouit
Formidable ! Je sens qu'il fait aujourd'hui
Qu'il va faire une journée formidable
Formidable ! Le port de San Francisco
Formidable ! bourdonne de cris et d'échos
Formidable ! J'entends un cocorico
C'est mon cœur qui chante aimable
La chanson de l'air et de l'eau
Et puis et puis sur les quais
La pluie n'a pas compliqué
La vie qui rigole
Et qui se mire dans les mar's des rigoles
Quel temps pour les p'tits poissons
Quel temps pour les grands garçons
Quel temps pour les tendrons
Mesdemoiselles nous vous attendrons
Formidable ! pour faire un tour sur la mer
Formidable ! après la pluie les éclairs
Formidable ! après la nuit de l'hiver
C'est l'amour la joie de vivre
Qui m'enivrent sous le soleil clair
Et je répète sous le soleil clair :
Formidable ! Formidable ! Formidable !

© Éditions Raoul Breton, 1947.

# *Une noix*

Une noix
Qu'y a-t-il à l'intérieur d'une noix ?
Qu'est-ce qu'on y voit ?
Quand elle est fermée
On y voit la nuit en rond
Et les plaines et les monts
Les rivières et les vallons
On y voit
Toute une armée
De soldats bardés de fer
Qui joyeux partent pour la guerre
Et fuyant l'orage des bois
On voit les chevaux du roi
Près d'la rivière

Une noix
Qu'y a-t-il à l'intérieur d'une noix ?
Qu'est-c'qu'on y voit ?
Quand elle est fermée
On y voit mille soleils
Tous à tes yeux bleus pareils
On y voit briller la mer
Et dans l'espace d'un éclair

Un voilier noir
Qui chavire
On y voit les écoliers
Qui dévor'nt leurs tabliers
Des abbés à bicyclette
Le quatorze juillet en fête
Et ta robe au vent du soir
On y voit des reposoirs
Qui s'apprêtent

Une noix
Qu'y a-t-il à l'intérieur d'une noix ?
Qu'est-ce qu'on y voit ?
Quand elle est ouverte
On n'a pas le temps d'y voir
On la croque et puis bonsoir
On n'a pas le temps d'y voir
On la croque et puis bonsoir
Les découvertes

© Éditions Raoul Breton, 1948.

## *Le serpent python*

C'est un serpent python
C'est un python serpent
Qui se promène dans la forêt
Pour chercher à dévorer
Un beau petit lapin
Ou bien un nègre fin
Car le serpent python a faim
Il a une faim sans fin !
Mais bêtes et gens sont partis hier
Loués par la Metro-Goldwyn-Mayer
Pour figurer dans un film de Tarzan
Qui doit rapporter beaucoup d'arzent !
Et le serpent piteux
Est triste et s'mord la queue
Car il comprend ô désespoir
Qu'il ne mang'ra pas ce soir

Soudain le bois s'éveille
Arrivent des appareils
De prise de vues de prise de son
C'est la scène du grand frisson
On lâche des animaux
Des lions et des rhino-

Céros qu'ont l'air féroce comme tout
Mais sont doux comme des toutous.
Notre serpent du haut d'une branche en l'air
Voit m'sieur Johnny Weissmuller
Qui fait joujou avec un éléphant
Quel joli tableau pour les enfants
Mais tant de cinéma
N'remplit pas l'estomac
Du pauvre serpent qui n'aura pas
Qui n'aura pas de repas

Quand une idée subtile
Germe au cœur du reptile
Profitant d'une répétition
Voici qu'avec précaution
Dans l'ombre du crépuscule
Il avance il recule
Puis happe un morceau minuscule
Un morceau de pellicule
Qui dépassait d'une boîte en fer
C'était la grande scène du Val d'Enfer
Tournée l'matin dans une cloche à plongeur
Pour mieux voir évoluer le nageur
Et comme un spaghetti
L'python en appétit
Avale deux cents mètres à présent
Des aventures de Tarzan!
Puis il s'en va joyeux
Pensant c'est merveilleux
Je vais dormir maint'nant trois s'maines
Digérer ce film sans peine
Rampant par-ci par-là
Il s'enroule oh la la
Autour d'un cocotier géant

Mais soudain s'écrie : « J'ai en...
J'ai envie d'vomir c'est affreux tu m'as
Empoisonné cinéma
Tarzan n'est pas pour les pauvres pythons
J'en ai mal jusqu'au bout des tétons »

Et la moralité
Du serpent dépité
C'est qu'parfois trop d'ciné parleur
Peut vous donner mal au cœur
Ou que les hommes digèrent dit-on
Mieux que les serpents pythons

© Éditions Vianelly, 1951.

## *En Seine-et-Oise*

Je reviendrai en Seine-et-Oise
Vivre chez vous comme un gamin
Et je mangerai des framboises
Dans le creux des nids de vos mains
Je retrouverai la petite chambre
Au papier peint bleu rose et vert
Et je réchaufferai mes membres
Durcis par le froid de l'hiver

J'irai visiter les hectares
De votre immense propriété
Et je jouerai de la cithare
Pour calmer vos anxiétés
J'irai me rouler dans la grange
Qui sent la pomme et le tracteur
Et j'écrirai des vers étranges
Qui seront dits par des acteurs

Tremblant de peur mais toujours brave
Je me perdrai comme un boy-scout
Dans le dédale de vos caves
Où bout la chaudière à mazout
Parlant de moi dira la bonne :

« Je trouve ce garçon charmant »
Nous sommes tous comme ça à Narbonne
Je suis comme m'a fait ma maman

Je reviendrai en Seine-et-Oise
Vivre chez vous comme un gamin
Et je mangerai des framboises
Dans le creux des nids de vos mains
Ainsi s'écoulera la vie
Légère comme un écureuil
Et je ferai des économies
Passant chez vous trois s'maines à l'œil
En Seine en Seine en Seine-et-Oise

© Éditions Raoul Breton, 1952.

## *Dans les pharmacies*

Dans les pharmacies
Dans les pharmacies

On vent du nougat et du chocolat
Des bonbons au citron des stylos
Des poupées gentilles
Pour les petites filles
Et pour les garçons
Des lapins qui sont
Sauteurs et polissons
On vend de tout
Des toutous blancs
Qui s'tiennent debout
Tout tremblants
Des arlequins des cailles qui rient
Et tout un lot de quincaillerie
Dans les pharmacies
Dans les pharmacies
On entend parfois cet ordre sec :
« Garçon des petits pois ou un bifteck
Ou des choux farcis »
Dans les pharmacies

Ces pharmacies-là
Sont celles du Canada
Où l'on prend ses repas parfois par-ci par-là
On y vend aussi des pilules mais sachez
Que la vente des cachets est un peu cachée
Car ici ce n'est pas un crime
De commander un *ice-cream*
Où l'on ajoute un peu de soda
Mais des remèdes on n'en voit pas
Dans les pharmacies
Dans les pharmacies

J'entre par hasard et le plus bizarre
J'n'en sors qu'après deux heures et quart
Les poches gonflées
De pommes soufflées
De rasoirs à main
En duralumin
De mille produits humains
Un phonographe immense et lourd
Y joue des chansons d'amour
Et pour vingt *cents* on peut entendre
Un baryton à voix tendre :

« Les oiseaux sont couchés dans leur nid
Et moi je suis couché dans mon lit
Il fait froid ce soir il fait nuit
Alors tendrement je dis :
Bonne nuit bonne nuit Suzy
Bonne nuit bonne nuit Suzy
Suzy oh oui bien sûr
Certainement oui bonne nuit
Bonne nuit Suzy jolie... euh...
Bonne nuit »

PARLÉ :
*C'est une chanson qui s'appelle*
*« Bonne nuit Suzy »*

Dans les pharmacies
Dans les pharmacies
Je suis très heureux
Car j'y viens joyeux parler français
Et ce plaisir-là est unique là-bas
Dans les pharmacies
*Si, si, si* bémol...
Du Canada

© Éditions Vianelly, 1952.

## *Paule, sur mes épaules*

Paule
Dis-moi tu veux grimper sur mes épaules
Bien agrippée
Tu verras la vue
Qu'on a de là-haut
Le soleil d'la rue
Les fleurs du coteau
Ah ! dis-moi Paule
Je n'connais rien de mieux
Sur mes épaules
Fardeau joyeux
Que ton corps souple et fort
Que je porte sans effort
Tandis qu'toi Paule
Tu regardes le décor

Paule
Tu vois ce cerisier
Comme il est drôle
Route de Béziers
Qu'est-c'qu'il fait ici
Perdu dans les vignes
Vois ses branches roussies

Qui nous font des signes
Allons-y Paule
Cueillir ses fruits vermeils
A tour de rôle
Rien de pareil
N'est plus doux
Et je sais
C'que j'prendrai du cerisier
De mes épaules
Ce sera un baiser

Paule
Dis-moi tu veux sauter
De mes épaules
Tout à côté il y a là un pré
Qu'on peut voir de près
Si nos cœurs sont prêts
Nous verrons après
Ah! dis-moi Paule
Blottis-toi contre moi
Et ce vieux saule
Nous abrit'ra
C'est mieux d'être venu
Ici sans bicyclette
Ah! ma p'tite Paule
Je crois que j'perds la tête

Rêve
Rêve d'un grand garçon
Rempli de sève
Rêve polisson
Il s'appelle Fernand
Il a un drôle d'air
Un air de seize ans

Et de cours secondaire
Tandis que Paule
Rêve de son côté
Que des épaules
Vont la porter...
Mais timides bégayants
Ils s'diront en se voyant
Ce soir tout bas :
« Bonjour, comment ça va »...
« Bonjour, comment ça va »...

© Éditions Vianelly, 1954.

## *Source bleue*

Source bleue où vas-tu dans ta course
Source bleue
Au Bois des Amoureux
« Je m'en vais
Tu verrais si tu me suivais
Tout au bout de ce vert coteau
Rencontrer un roseau
Un détour
En rivière je me change
Un amour
J'épouse les contours
D'un grand fleuve
Et la mer me propose étrange
Un voyage au ciel
De midi
Pour retomber en pluie »
C'est la ronde
De l'amour par le monde
Tourne tourne goutte d'eau...
Tourne éternel rondeau...

© Éditions Raoul Breton, 1955.

## *Les coupeurs de bois*

Trois hommes du Nord
Très grands et forts
Viennent d'arriver
Quartier Saint-Gervais
Ils viennent pour couper du bois couper du bois
Car ce sont des coupeurs de bois
Coupeurs de bois
Ils aiment bien couper du bois
Couper du bois
Ça fait les bras

Ils vont partir
Forêt du Sthyr
Où leur patron
Qu'est fort comme un tronc
Les paye pour couper du bois
Couper du bois
De l'oseille pour couper du bois
Couper du bois
Surveille ses coupeurs de bois
Coupeurs de bois
C'est bien son droit

V'là qu'ils s'installent
Dans la grande salle
De la taverne
Du Père Saliverne
En s'écriant : « Tonnerre de bois
Cré nom de bois
Servez-nous-en du vin d'Arbois
C'est ce qu'on boit
Avec l'argent des coupes de bois
On se paiera
Une gueule de bois »

Est-ce la boisson
Ou la passion
Qui changea l'ton
D'leur conversation
Mais v'là que nos forts coupeurs de bois
Coupeurs de bois
N'sont pas d'accord
Et pouvez-vous me dire pourquoi
Ils s'battent à mort
Pour une espèce de je n'sais quoi
Une fille de joie

La fille a peur
Des trois coupeurs
Puis elle s'en va
Avec un autre gars
Un vrai vaurien que celui-là
D'coupeur de bois
Qui n'disait rien
Mais n'en pensait pas plus je crois
Et qui l'lendemain
Pendant qu'elle dormait dans ses bras
Fou l'étrangla

On soupçonna
Nos trois amis
D'assassinat
De crime commis
Un juge novice
Nommé Dubois
Les condamna au bois d'justice
De drôles de bois
Que ces bois-là cruel supplice
Leurs têtes coupées roulèrent dans la
Sciure de bois

Vous qui écoutez
Cet air chanté
Je vois je vois
Vous n'y croyez pas
Je l'ai pourtant lu dans la r'vue des coupeurs de bois
C'est une revue très passionnante et bonne ma foi
Dans la forêt chacun l'achète
Vous la trouverez p't'être chez Hachette
On n'fait pas mieux
Comme nom je crois
Quand il s'agit d'coupeurs de bois

© Éditions Vianelly, 1955.

## *La java du Diable*

Un jour le Diable fit une java
Qu'avait tout l'air d'une mazurka
Valse à trois temps il n'savait pas
Ce qu'il venait d'composer là
Aussitôt la terre entière
Par cet air fut enchantée
Des dancings aux cimetières
Tout l'monde la chantait
On la dansait à petits pas
Et bien souvent aux heures des r'pas
Le Diable venait sur sa java
Frapper du pied dans les estomacs

Des p'tits malheurs vite commencèrent
Car ce refrain de Lucifer
Planait partout tout d'suite appris
Circonvenant bien les esprits
Vers la fin du mois d'décembre
Un député pris de court
A la tribune de la Chambre
Dit dans son discours :
« Un deux trois quatre
Un deux trois quatre

C'est mon programme est-ce qu'il vous plaît ? »
A coups d'fusil on dut l'abattre
Il expira au deuxième couplet

La salle Pleyel n'écoutait plus
Des grands concerts un seul lui plut
Celui où l'chef d'orchestre mêla
Sébastien Bach et la java
Ronde folle ronde folle
Brusquement un grand acteur
Au beau milieu de son rôle
Trahit son auteur...
« Un deux trois quatre
Un deux trois quatre »
Ah ! quelle pagaye dans le théâtre
Les spectateurs montèrent sur scène
L'œil en fureur et le geste obscène

Au-d'là des mers ce fut bien pire
Le mal gagna c'est trop affreux
Il lui fallait pour son empire
Jusqu'au pôle Nord et la Terre de Feu
Mais le plus terrible ravage
Fut dans l'monde des banquiers
Où la grande java sauvage
Fit des victimes par milliers
« Un deux trois quatre
Un deux trois quatre »
Hurlaient New York et Chicago
L'or se vendit au prix du plâtre
Et le cigare au prix du mégot

Puis un jour tout d'vint tranquille
On n'entendit plus d'java

Dans les champs et dans les villes
Savez-vous pourquoi ?
Parce ce que le Diable s'aperçut
Qu'il n'touchait pas de droits d'auteur
Tout ça c'était d'l'argent d'foutu
Puisqu'il n'était même pas éditeur
Tout ça c'était d'l'argent d'foutu
Puisqu'il n'était même pas éditeur

PARLÉ :
« *Allez, remportons notre musique*
*Et retournons en enfer* »

© Éditions Raoul Breton, 1955.

## *L'âne et le gendarme*

Sur les bords de l'étang bleu
Il y avait un âne
Sur les bords de l'étang bleu
Il y avait un âne... bleu
Et cet âne-là rêvait
Qu'il était gendarme
Et cet âne-là rêvait
Qu'il était gendarme... à pied

Sur les bords de l'étang bleu
Y avait un gendarme
Sur les bords de l'étang bleu
Y avait un gendarme... bleu
Et ce gendarme rêvait
Qu'il était un âne
Et ce gendarme rêvait
Qu'il était un âne laid

Subtil était l'air si doux
La brise câline
Subtil était l'air si doux
Qu'on pouvait s'attendre à tout
C'est alors que vint à passer
Un peu malicieuse

C'est alors que vint à passer
Une fée un peu pressée

Qui d'un coup de baguette changea
Le gendarme en âne
Qui d'un coup de baguette changea
Le gendarme en âne gras
Et de l'âne tout simplement
Elle fit un gendarme
Si vite que personne vraiment
Ne s'aperçut du changement

Moi-même je n'en eus' rien su
Si la fée joyeuse
Ne vint en riant aux éclats
Me conter cette affaire-là
A présent dans le pays
Quand j'vois le gendarme
A présent dans le pays
Je suis bien heureux pour lui

Au lieu de manger du son
Il aide la justice
Au lieu de manger du son
Il pourchasse les larrons
Quant à l'âne dans son pré
Faut qu'j'y réfléchisse
Quant à plaindre l'âne dans son pré
Faudra que j'aille voir ça de plus près

(Que subséquemment à présent on m'oblige
à manger de l'herbe… c'est un bien triste
destin pour un ancien gendarme… HI… HAN…)

© Éditions Raoul Breton, 1955.

# *Pauvre Georges André*

Quand Georges André revient d'la chasse
Sa sœur aînée fait la grimace
Sa bonne maman quitte son can'vas
Dans leur log'ment plus rien ne va
Les p'tits enfants dans leur litière
Ne savent plus dire leurs prières
Et le bon Dieu du haut des cieux
Espère qu'un jour ça ira mieux

On voit aussi dans la cuisine
Sa mère penchée sur la bassine
Que peut-elle bien encore laver
Qu'elle n'a pas encore achevé ?
Elle nettoie sa gibecière
Qu'elle transforme en souricière
La maison s'ra dans de beaux draps
Mais après ça y aura plus d'rats

Un certain soir pris de panique
Notre ami part pour Salonique
Il est reçu par le sultan
Mais comme il sue
C'est insultant

Un gros balourd d'eunuque l'enferme
A double tour dans une ferme
Où l'on fabrique du reblochon
Avec des tripes de cochon

Quand il reviendra d'sa croisade
Il retrouvera tout l'monde maussade
Sa pipe en terre
Boudant un peu
Toutes ses affaires passées au bleu
Le garde-manger sur les armoires
La bonne changée en bête noire
Le gaz coupé le puits à sec
Occupé par un drôle de mec
Le gaz coupé le puits à sec
Occupé par un drôle de mec

« Eh bien qu'est-ce que vous faites là vous dans ce puits ?
Il ne faut pas rester là il faut partir
Ce n'est pas une maison d'habitation
C'est mon puits !
Allez allez partez »

Pauvre Georges André
C'est fini

© Éditions Vianelly, 1956.

# *Le jardin extraordinaire*

C'est un jardin extraordinaire
Il y a des canards qui parlent anglais
Je leur donne du pain ils remuent leur derrière
En m'disant : « Thank you very much monsieur
[Trenet »
On y voit aussi des statues
Qui se tiennent tranquilles tout le jour dit-on
Mais moi je sais que dès la nuit venue
Elles s'en vont danser sur le gazon
Papa c'est un jardin extraordinaire
Il y a des oiseaux qui tiennent un buffet
Ils vendent du grain des petits morceaux de gruyère
Comme clients ils ont Monsieur le Maire et l'Sous-
[Préfet

Il fallait bien trouver dans cette grande ville maussade
Où les touristes s'ennuient au fond de leurs autocars
Il fallait bien trouver un lieu pour la promenade
J'avoue que ce samedi-là je suis entré par hasard
Dans dans dans

Un jardin extraordinaire
Loin des noirs buildings des passages cloutés
Y avait un bal qu'donnaient des primevères

Dans un coin d'verdure deux petites grenouilles chantaient
Une chanson pour saluer la lune
Dès qu'cell'-ci parut toute rose d'émotion
Elles entonnèrent je crois la valse brune
Une vieille chouette me dit : « Quelle distinction ! »
Maman dans ce jardin extraordinaire
Je vis soudain passer la plus belle des filles
Elle vint près de moi et là me dit sans manières :
« Vous me plaisez beaucoup j'aime les hommes dont
[les yeux brillent »

Il fallait bien trouver dans cette grande ville perverse
Une gentille amourette un petit flirt de vingt ans
Qui me fasse oublier que l'amour est un commerce
Dans les bars de la cité
Oui mais oui mais pas dans...
Dans dans dans

Mon jardin extraordinaire
Un ang' du Bizarre un agent nous dit :
« Étendez-vous sur la verte bruyère
Je vous jouerai du luth pendant que vous serez réunis »
Cet agent était un grand poète
Mais nous préférions Artémise et moi
La douceur d'une couchette secrète
Qu'elle me fit découvrir au fond du bois
Pour ceux qui veulent savoir où ce jardin se trouve
Il est vous le voyez au cœur de ma chanson
Il vol' parfois quand un chagrin m'éprouve
Il suffit pour ça d'un peu d'imagination
Il suffit pour ça d'un peu d'imagination
Il suffit pour ça d'un peu d'imagination

© Éditions EPM-Pathé-Marconi, 1957.

## *Obéis au bey*

C'est une histoire d'un bey de Tunis
Qui avait engagé à son service
Un p'tit groom mais l'enfant
Demeurait tout tremblant
D'vant la mère du palais
Une bonne vieille qui voulait
Que tout marche et disait mon garçon
Écoute bien cette leçon

Obéis au bey
Obéis au bey
Obé obéis au bey
Au bey obéis
Au bey obéis
Obé obéis au bey
Il n'faut pas devant le bey
Rester comme ça bouche bée
Il faut écouter mon p'tit
C'que le bey dit
Oui
Obéis au bey
Obéis au bey
Obé obéis au bey

Au bey obéis
Au bey obéis

Et fais bien tout c'qu'il te dit
Il n'faut pas devant le bey
Saluer les abbés
Car si j'en crois c'qu'on m'a dit d'lui
Il est athée l'bey

PARLÉ :
*Eh bé !*

Ceci dit
Le gentil p'tit sidi
Fit au mieux son service midi minuit
Il grandit au palais
Et devint pas trop laid
Puis il s'amouracha
De la fille d'un pacha
Il s'maria tout ça grâce aux conseils
De la charmante bonne vieille
Qui disait dans le temps

Obéis au bey
Obéis au bey
Obé obéis au bey
Au bey obéis
Au bey obéis
Obé obéis au bey
Il n'faut pas devant le bey
Ouvrir en grand la baie
Il n'faut pas j'espère qu'tu m'crois
Qu'le bey ait froid
Qu'le bey ait froid

Obéis au bey
Obéis au bey
Obé obéis au bey
Au bey obéis
Au bey obéis
Et fais bien tout c'qu'il te dit

A présent il n'y a plus d'bey
Mais deux gros bébés
Qu'en bon papa il fait sauter
Sur ses deux g'noux
Mous
Obéis au bey
Obéis au bey
Obéis au bey
Ah ! Ah !

© Éditions Vianelly, 1960.

## *Sacré farceur*

J'habite un violoncelle
Un triangle isocèle
J'demeure dans une maison
Entourée de gazon
Les filles les moins sages
Viennent du voisinage
Sautant par-dessus l'mur
Elles trouvent un homme mûr
J'vis dans une volière
Dévoré par le lierre
D'où l'on voit des oiseaux
Qui planent sur les eaux
Je hante un couvent morne
Avez-vous vu mes cornes
Mon nez couvert de suie
Car le Diable je suis

Non non vous voulez nous faire peur
On n'vous croit pas sacré farceur

La petite fée qui loge
A deux pas de ma loge

Vient d'être assassinée
Elle n'a plus de nez
Au fond d'un couloir vide
Je la r'trouve vide
En robe d'opéra
Dévorée par les rats
Elle fut toute ma vie
Longtemps je l'ai suivie
Nous visitions tous deux
Des pays merveilleux
Sans son profil de rose
Je perds le goût des choses
Et je vous dis adieu
Jusqu'à c'que je me sente mieux

Non non vous voulez nous faire peur
On ne vous croit pas sacré farceur

Bien des histoires d'enfance
Se terminent en cadence
Une ronde une chanson
Pour nous donner le frisson
Quand on évoque les plages
Où la mer faisait rage
Quand on pêchait le hareng avec ses grands-parents
Et quand parfois lucide
On se sentait l'cœur vide
Sur les bords du plaisir
A deux pas du désir
On n'savait pas qu'ce charme
Vous f'rait verser des larmes
Et qu'l'on devrait un jour
Appeler ça l'amour

Bravo vous avez bien du cœur
Vous êtes tout d'même
Un p'tit farceur

© Éditions Vianelly, 1960.

# *L'épicière*

L'épicière l'épicière est une sorcière
Je l'ai vue je l'ai vue quand elle volait
A cheval sur un balai
Filant droit au rendez-vous
Où le Diable je vous l'avoue
L'attendait
Il y avait au fond d'un gouffre
Des morts brûlant dans du soufre

L'épicière l'épicière est une sorcière
Je l'ai vue je l'ai vue quand elle sortait
Du tronc d'un cèdre enchanté
Il y avait au creux de l'arbre
Un palais d'or incrusté
Dans du marbre
Lucifer et Belzébuth
Venaient y faire leurs culbutes

PARLÉ :
« *Bonsoir petit, qu'est-ce que tu veux, quelques olives ou bien un peu de bon râpé, du saucisson, des pois cassés ou des bonbons ?* »

L'épicière l'épicière est une sorcière
Je l'ai vue je l'ai vue dans un placard
En soutane et fichu noir
Pendue le visage exsangue
Et tirant d'vant un bougeoir
Une grosse langue
Comme j'avais peur qu'elle m'emporte
Vite j'ai refermé la porte

L'épicière l'épicière est une sorcière
Je l'ai vue je l'ai vue par temps de bise
Ricaner au fond d'l'église
Quand elle grimpe en haut des tours
Elle comprend ce que lui disent
Les vautours !
Il paraît qu'Monsieur l'Curé
En est même très effaré

PARLÉ :
« *Eh bien réponds, qu'est-ce que tu veux, c'est du jambon ou bien des œufs, des caramels, du pain d'épice ou des martinets en réglisse ?* »

L'épicière l'épicière est une sorcière
Je l'ai vue je l'ai vue quand elle changeait
En vieux toutou de berger
Le grand-père du sacristain
En disant fais ouah ouah eh vieux crétin
Le pauvre homme d'habitude si brave
Avait la gueule pleine de bave !

L'épicière l'épicière est une sorcière
Quand la pluie tombe la nuit à grands seaux d'eau

Cachée derrière les rideaux
Je ne sais ce qu'elle invente
Pour créer le froid dans l'dos
L'épouvante
Au secours disent les enfants
Faites dodo disent les parents
Mais dodo ils peuv'nt pas l'faire
Ils ont peur de l'épicière

© Éditions Vianelly, 1965.

## *Le revenant*

Un cri dans la nuit d'hiver
Ma fenêtre est de travers
Je la ferme de mon mieux
Je vois la couleur des cieux
Ils sont noirs il y a du vent
Vent d'autan ou vent d'antan
Le manteau des cheminées
Recommence à frissonner
Sur la route j'aperçois
Un bien étrange bourgeois
Où donc l'ai-je dejà vu
Pieds fourchus et front cornu
C'est le Diable ou le docteur
Qui me font mourir de peur
Ou bien mon ange gardien
Je n'sais plus je ne sais rien

Ça craque dans le magasin
Où se cache un assassin
Un fantôme familial
Une infirmière d'hôpital
Une grand-mère Blanche de Castille
Qui paraît devant sa fille

Pour lui dire de l'oublier
Quand reviendront les ouvriers
Il y aura du tintalan
Quand un marteau tombe en panne
Un chanteur de l'Opéra
Le répare à tour de bras
Puis il meurt d'apoplexie
Comme une vraie tomate farcie
La poussière qui le recouvre
Est la même qu'on voit au Louvre

Un train passe dans la nuit
Il m'emportait avec lui
Autrefois lorsque j'étais
Ce jeune enfant qui rêvait
Qui rêvait d'un autre ciel
De Paris de la tour Eiffel
Qui rêvait de tout quitter
Et de ne vivre que pour chanter
Qu'est-il advenu depuis
Depuis tant et tant de nuits
Depuis tant et tant de saisons
Aux placards de la maison
Les souvenirs au rendez-vous
Vont revenir mais je vous l'avoue
Demain je leur ferai faux bond
Car je n'suis qu'un vagabond

© Éditions Vianelly, 1970.

## *Les chiens-loups*

Y a des chiens-loups dans les coins noirs
Ils sont tous fous quand vient le soir
Leurs yeux scintillent dans la nuit
Quand tous les chats sont gris...

Ils sont heureux quand il fait froid
Quand la neige bleue blanchit le toit
Quand le vent qui siffle dehors
Les fait hurler à la mort

Des traquenards sont organisés
Bien des chassés-croisés
Car les chiens cachés dans leur coin
Font croire après qu'ils sont loin...

Ils ont des larmes de crocodile
Et des armes bien plus subtiles
Quand ils rôdent le poil à l'envers
Les grands chiens-loups l'hiver

Je ne sors plus après dix heures
Car c'est l'heure où parfois on meurt
Qu'on s'appelle Firmin Jacques ou Georges
Ils vous sautent à la gorge

L'an dernier ils ont dévoré
Un meunier du nom de Sarré
Ils ont même mangé son chapeau
Qu'ils prenaient pour de la peau

Il faudra que j'quitte ces lieux
Que je change de milieu
Au Canada là j'irais bien
Chez les oiseaux musiciens

A Québec on dit que les oiseaux
Ont un bec en place du museau
Alors moi j'hésite et j'ai peur
Des goélands crève-cœur

Je me dis où faut-il aller
Au pays des chevaux emballés
En Camargue il y a des moustiques
Qui sont antipathiques

A Capri il y a des serpents
A Paris il y a des agents
A Moscou on se rompt le cou
La glace glisse beaucoup

Tiens le soleil caresse ma fenêtre
Et l'alentour champêtre
C'est l'printemps les chiens sont partis
En wagons-loups wagons-lits

J'n'ai plus peur y a plus de danger
Les belles heures sous un ciel léger
A loisir déjà font du bien
Adieu souvenir très... en chiens !

© Éditions Vianelly, 1971.

## *Le fantôme de la tour Eiffel*

Hmmm Ah ah ah ah
Écoutez mes amis l'histoire fantastique
Du fantôme de la tour Eiffel
Il avait arrêté l'ordre chronologique
Pour démonter le temps et le rendre irréel
Il était entouré de curieux personnages
Vivants ou morts ou comme tels
Qui s'exprimaient chacun dans son propre langage
Pour transformer la tour en celle de Babel
Policiers espions satyres et clowns tristes
Étaient pour lui ses adjudants
Parfois il les traitait comme de grands artistes
Parfois aussi hélas comme des cure-dents
Écoutez mes amis l'histoire fantastique
Du fantôme de la tour Eiffel
Elle désarmera je sais plus d'un critique
Mais vous fera rêver et c'est là l'essentiel

Hmmm hmmm hmmm ah ah ah
Aventure délirante souvent hallucinée
En troisième quatrième dimension
La puissance du fantôme à présent déchaînée
Détournait le soleil tombant à l'horizon

Il était à Venise en même temps qu'à Vienne
A Greenwich cassant l'Méridien
On le croyait à Brest à Nantes à Saint-Étienne
Alors qu'il dînait seul dans le transsibérien
La police éperdue employait tous les masques
Pour le traquer sans être vue
A Pékin déguisé en géante tarasque
A Tarascon en Belzébuth
A vous donc mes amis d'éclaircir le mystère
Du fantôme de la tour Eiffel
On m'a payé très cher très cher pour me faire taire
Werther au clair de lune je m'envole dans ton ciel

© Éditions Raoul Breton, 1986.

# Table

Les paroles de toutes les chansons sont de Charles Trenet, excepté *Sur le fil* (paroles de Francis Blanche).

La musique de toutes les chansons est de Charles Trenet, sauf pour *La tête de veau* (musique de Lionel Cazaux et Pierre Guillermin), *Vous oubliez votre cheval* (musique de Charles Trenet et Arcady), *Pigeon vole* (musique de Charles Trenet et Paul Misraki), *Y a d'la joie* (musique de Charles Trenet et Michel Emer), *Annie-Anna* (musique de Charles Trenet et Michel Emer), *La java des scaphandriers* (musique de Charles Trenet, harmonisation d'André Cadou), *Sur le fil* (musique de Charles Trenet et Jean Solar), *Au clair de la lune* (variations de Charles Trenet sur un thème de Lulli), *Le fantôme de la tour Eiffel* (musique de Charles Trenet, arrangement de Christian Rémy).

COMPOSÉ PAR CHARENTE-PHOTOGRAVURE À ANGOULÊME (CHARENTE)
ET TIRÉ PAR BRODARD ET TAUPIN À LA FLÈCHE (SARTHE)
DÉPÔT LÉGAL : MARS 1988. N° 9915 (1553-5)

## Collection Points

**SÉRIE POINT-VIRGULE**

V1. Manuel de savoir-vivre à l'usage des rustres et des malpolis
*par Pierre Desproges*
V2. Petit Fictionnaire illustré
*par Alain Finkielkraut*
V3. Quand j'avais cinq ans, je m'ai tué
*par Howard Buten*
V4. Lettres à sa fille (1877-1902)
*par Calamity Jane*
V5. Café Panique, *par Roland Topor*
V6. Le Jardin de ciment, *par Ian McEwan*
V7. L'Age-déraison, *par Daniel Rondeau*
V8. Juliette a-t-elle un grand Cui?
*par Hélène Ray*
V9. T'es pas mort!, *par Antonio Skarmeta*
V10. Petite Fille rouge avec un couteau
*par Myrielle Marc*
V11. Manuel à l'usage des enfants qui ont des parents difficiles
*par Jeanne Van den Brouck*
V12. Le A nouveau est arrivé
*par Pierre Ziegelmeyer et Jean-Benoît Thirion*
V13. Comment faire l'enfant (17 leçons pour ne pas grandir)
*par Delia Ephron*
V14. Zig-Zag, *par Alain Cahen*
V15. Plumards, de cheval, *par Groucho Marx*
V16. Bleu, je veux, *par Gisèle Bienne*
V17. Moi et les Autres, *par Albert Jacquard*
V18. Au vrai chic anatomique, *par Frédéric Pagès*
V19. Le Petit Pater illustré, *par Jacques Pater*
V20. Cherche souris pour garder chat, *par Hélène Ray*
V21. Un enfant dans la guerre, *par Saïd Ferdi*
V22. La Danse du coucou, *par Aidan Chambers*
V23. Mémoires d'un amant lamentable, *par Groucho Marx*
V24. Le Cœur sous le rouleau compresseur
*par Howard Buten*
V25. Le Cinéma américain. Les années cinquante
*par Olivier-René Veillon*
V26. Voilà un baiser, *par Anne Perry-Bouquet*
V27. Le Cycliste de San Cristobal, *par Antonio Skarmeta*
V28. Tchao l'enfance, craignos l'amour, *par Delia Ephron*
V29. Mémoires capitales, *par Groucho Marx*
V30. Dieu, Shakespeare et Moi, *par Woody Allen*

V31. Dictionnaire superflu à l'usage de l'élite et des bien nantis
*par Pierre Desproges*
V32. Je t'aime, je te tue, *par Morgan Sportès*
V33. Rock-Vinyl (Pour une discothèque du rock)
*par Jean-Marie Leduc*
V34. Le Manuel du parfait petit masochiste
*par Dan Greenburg*
V35. L'Oiseau Canadèche, *par Jim Dodge*
V36. Des sous et des hommes, *par Jean-Marie Albertini*
V37. De l'univers à nous, *par Robert Clarke*
V38. Pour en finir une bonne fois pour toutes avec la culture
*par Woody Allen*
V39. Le Gone du Chaâba, *par Azouz Begag*
V40. Le Cinéma américain. Les années trente
*par Olivier-René Veillon*
V41. Mistral gagnant, chansons et dessins, *par Renaud*
V42. Les Aventures d'Adrian Mole, 15 ans, *par Sue Townsend*
V43. Le Palais des claques, *par Pascal Bruckner*
V44. La Cuisine cannibale, *par Roland Topor*
V45. Le Livre d'Étoile, *par Gil Ben Aych*
V46. Les Dingues du nonsense, *par Robert Benayoun*
V47. Le Grand Cerf-Volant, *par Gilles Vigneault*
V48. Comment choisir son psychanalyste, *par Oreste Saint-Drôme*
V49. Slapstick, *par Buster Keaton*
V50. Chroniques de la haine ordinaire, *par Pierre Desproges*
V51. Cinq Milliards d'Hommes dans un vaisseau
*par Albert Jacquard*
V52. Rien à voir avec une autre histoire, *par Griselda Gambaro*
V53. Comment faire son alyah en vingt leçons, *par Moshé Gaash*
V54. A rebrousse-poil, *par Roland Topor et Henri Xhonneux*
V55. Vive la Sociale !, *par Gérard Mordillat*
V56. Ma gueule d'atmosphère, *par Alain Gillot-Pétré*
V57. Le Mystère Tex Avery, *par Robert Benayoun*
V58. Destins tordus, *par Woody Allen*
V59. Comment se débarrasser de son psychanalyste
*par Oreste Saint-Drôme*
V60. Boum !, *par Charles Trénet*